樣□朴圖　　　　醫□羅圖
灼爛身圖　　　　同維列新羅圖
同子登圖　　　　吳子圖
赴新醫上慕圖　　鞏蠍菱圖
奉對邪術轉圖　　□臨子圖
曾姑羅圖　　　　□非中身□

二十三圖

大總林古□門稱雜種

□三旅志稠立共奉路乾

大唐西域記卷第十一

根八

唐 三藏法師玄奘奉 詔譯

大總持寺沙門辯機撰

二十三國

僧伽羅國雖非印度之國路次附出

恭建那補羅國

跋祿羯呫婆國

阿吒釐國

伐臘毗國

蘇剌侘國

摩訶剌侘國一

摩臘婆國

契吒國

阿難陀補羅國

瞿折羅國

鄔闍衍那國

擲枳陀國

摩醯濕伐羅補羅國

信度國

茂羅三部盧國

鉢伐多國

阿點婆翅羅國

狼揭羅國

波剌斯國　雖非印度之國路次附出舊日波斯

臂多勢羅國

阿軬茶國

伐剌拏國

僧伽羅國周七千餘里國大都城周四十餘

里土地沃壤氣序溫暑稼穡時播華果具繁

[illegible]縣[illegible]周十餘里[illegible]大槩[illegible]凡四十餘[圖]

[illegible]茶圖

[illegible]茶圖

向來茶圖

[illegible]筆圖

[illegible]圖

[illegible]圖

[illegible]圖

[illegible]三[illegible]圖

[illegible]圖

[illegible]圖

[illegible]外[illegible]圖

[illegible]圖

[illegible]圖

成旅然後免害其王懼仁化之不洽也乃縱
獵者期於擒獲王躬率四兵眾以萬計掩薄
林藪彌跨山谷師子震吼人畜辟易既不擒
獲尋復招募其有擒執師子除國患者當酬
重賞式旌茂績其子聞王之令乃謂母曰飢
寒已甚宜可應募或有所得以相撫育母曰
言不可若是彼雖畜也猶謂父焉豈以艱辛
而興逆害子曰人畜異類禮義安在既以遠
阻此心何冀乃袖小刃出應招募是時千眾
萬騎雲屯霧合師子踞在林中人莫敢近子

[illegible][illegible][illegible][illegible]林中人[illegible][illegible][illegible]之[illegible][illegible][illegible]中[illegible][illegible]

[illegible][illegible][illegible][illegible][illegible][illegible]之[illegible][illegible][illegible][illegible][illegible][illegible][illegible][illegible][illegible][illegible]

[illegible][illegible]人[illegible][illegible][illegible][illegible]父[illegible][illegible][illegible][illegible]母[illegible][illegible][illegible]

[illegible][illegible]日[illegible][illegible][illegible][illegible][illegible]見[illegible][illegible][illegible][illegible]母[illegible][illegible]

[illegible][illegible][illegible][illegible][illegible][illegible][illegible][illegible][illegible][illegible][illegible][illegible][illegible][illegible]

[illegible]寒[illegible][illegible][illegible][illegible][illegible][illegible][illegible][illegible][illegible][illegible][illegible][illegible]

[illegible][illegible][illegible][illegible][illegible][illegible]王[illegible]令[illegible][illegible]母[illegible][illegible]

[illegible][illegible][illegible][illegible][illegible][illegible][illegible]不[illegible][illegible][illegible][illegible][illegible]

[illegible][illegible][illegible]中[illegible][illegible][illegible]入[illegible][illegible][illegible][illegible]不[illegible]

[illegible][illegible][illegible][illegible]王[illegible][illegible]四[illegible][illegible][illegible][illegible][illegible]

逃逝母曰我先已逃不能自濟其子於後逐
師子父登山踰嶺察其遊止可以逃難伺父
去已遂擔負母妹下趁人里母曰宜各慎家
勿說事源人或知聞輕鄙我等於是至父本
國國非家族宗祀已滅投寄邑人人謂之曰
爾曹何國人也曰我本此國流離異域子母
相攜來歸故里人皆哀愍更共資給其師子
王還無所見追戀男女憤恚院發便出山谷
往來村邑咆哮震吼暴害人物殘毒生類邑
人輙出遂取而殺擊鼓吹貝負弩持矛羣從

入陣出遊[illegible]以戈擊[illegible]其[illegible]弓不虞[illegible]

起來比[illegible]烏起霆與暴害人世[illegible]毒[illegible]

王[illegible]無[illegible]馬德思[illegible]女眞德絕[illegible]見[illegible]

時數來聽文里入告束[illegible]更共賣餘其[illegible]

兩曾石園入少曰[illegible]本光園於[illegible]里[illegible]

園園非家[illegible]宿害明入入隊之曰

以發車思入為[illegible]聞轉禍告[illegible]身至父本

去以[illegible]貢日枚干數入里母曰宜各眞客

韓[illegible]父益止[illegible]察其[illegible]曰以[illegible]同父

步迎母曰[illegible]求以非自查其[illegible][illegible]過

人戶殷盛家產富饒其形甲黑其性獷烈好
學尚德崇善勤福此國本寶渚也多有珍寶
棲止鬼神其後南印度有一國王女娉隣國
吉日送歸路逢師子侍衛之徒棄女逃難女
在轝中心甘喪命時師子王負女而去入深
山慶幽谷捕鹿^{執九}採果以時資給^二旣積歲月遂
孕男女形貌同人性種畜也男漸長大力格
猛獸年方弱冠人智斯發請其母曰我何謂
乎父則野獸母乃是人旣非族類如何配偶
母乃述昔事以告其子子曰人畜殊途宜速

母心裁昔事父吉其七七曰入窗枝数宜裁
干父順裸糖母心是人學心來藤政曰何順曰
鉦糧羊衣能保入皆禪發昔其母曰在何曰聞
名思文汝騎同入封動留少思傳其大心者
山裒幽於都此村果以都資餘乃献頑貝裁
立舉中心世夾命都祠毛王負女曰吉人衆
古曰盆職器何巨封蘭之刻善女迎孃女
鉦山界軒其爹舟曰免育一國王文動勒國
學尚凘宗善保福山凹本覺皆少之有於寶
入心類免衣虽言献其汝甲黑其封動怎效

即其前父遂馴伏於是乎親愛忘怒乃割刃
於腹中尚懷慈愛猶無忿毒乃至刳腹含苦
而死王曰斯何人哉若此之異也誘之以福
利震之以威禍然後具陳始終備述情事王
曰逆哉父而尚害況非親乎畜種難馴凶情
易動除民之害其功大矣斷父之命其心逆
矣重賞以酬其功遠放以誅其逆則國典不
虧王言不貳於是裝二大船多儲糧糗母留
在國周給賞功子女各從一舟隨波飄蕩其
男船泛海至此寶渚見豐珍玉便於中止其

曰割國予秦而聽者其文名曰一年割地聽諫其
趙王言不予秦長某二大夫之議賜其典母曰
其重賞以隨其此設以稱其道與國典下

曰諸大夫在邸中相語者非誹謗予君也
實之以疾取秦其賴皆書諫書入重王
王曰諶何入告吾之異而議之以諶
以其朝中尚劍參議賜前無分令毋舍若
以其前父遺隱以其長乎路愛予諫乃傳民

後商人採寶復至渚中乃殺其商主留其子
女如是繁息子孫眾多遂立君臣以位上下
建都築邑據有疆域以其先祖擒執師子因
舉元功而爲國號其女船者泛至波剌斯西
神鬼所魅産育羣女故今西大女國是也故
師子國人形貌早黑方顙大顂〔埶九〕情性〔四〕獷烈安
忍鴆毒斯亦猛獸遺種故其人多勇健斯一
說也
佛法所記則曰昔此寶洲大鐵城中五百羅
刹女之所居也城樓之上豎二高幢表吉凶

之相有吉事吉幢動有凶事凶幢動恒伺商
人至寶洲者便變爲美女持香華奏音樂出
迎慰問誘入鐵城樂讌歡會已而置鐵牢中
漸取食之時瞻部洲有大商主僧伽者其子
字僧伽羅父旣年老代知家務與五百商人
入海採寶風波飄蕩遇至寶洲時羅刹女望
吉幢動便齎香華鼓奏音樂相攜迎候誘入
鐵城商主於是對羅刹女王歡娛樂會自餘
商侶各相配合彌歷歲時皆生一子諸羅刹
女情疏故人欲幽之鐵牢更同商侶時僧伽

又精爲姞入於幽冥之燈宇更回商品都省口
商品各旦明合龍起岸都省去一不諳羅徠
燈始商主今見羅剎降女王燈坈樂會旦領
吉動爐覓賓香華致奉音樂旦誹說契秘人
人益求寶凰女瞻龍點至寶所都誹詠女聖
宅曾明羅父親平羊分喙家聳與五百商人
諫邪貪之都會陪所有大商主省明省其不
吧歸問諸人燈灺樂鮍爝會旦更置燈宇中
入至寶所者省更變爲美女都香華奉音樂出
之旦古車古動爐凶書凶動爐向回回商

羅夜感惡夢知非吉祥竊求歸路遇至鐵牢
乃聞悲號之聲遂昇高樹間曰誰相拘縶而
此怨傷曰爾不知耶城中諸女並是羅剎昔
誘我曹入城娛樂君既將至幽牢我曹漸充
所食今已大半君等不久亦遭此禍僧伽羅
曰當圖何計可免危難對曰我聞海濱有一
天馬至誠祈請必相濟渡僧伽羅聞已竊告
商侶共望海濱專精求救是時天馬來告人
曰爾輩各執我毛鬣不迴顧者我濟汝曹越
海免難至瞻部洲吉達鄉國諸商人奉指告

專一無貳執其髮鬈天馬乃騰驤雲路越濟
海岸諸羅剎女忽覺夫逃逝相告語異其所
去各攜稚子凌虛往來知諸商人將出海濱
遂相召命飛行遠訪當未踰時遇諸商侶悲
喜俱至涕淚交流各掩泣而言曰我惟感遇
幸會良人室家有慶恩愛已久而今遠棄妻
子孤遺悠悠此心誰其能忍幸願留顧相與
遠城商人之心未肯迴應諸羅剎女策說無
功遂縱妖媚備行矯惑商侶愛戀情難堪忍
心疑去留身皆退墮羅剎諸女更相拜賀與

彼商人攜持而去僧伽羅者智慧深固心無
滯累得越大海免斯危難時羅剎女王空還
鐵城諸女謂曰汝無智略爲夫所棄旣寡藝
能宜勿居此時羅剎女王持所生子飛至僧
伽羅前縱極媚惑誘請令還僧伽羅口誦神
呪手揮利劍叱而告曰汝是羅剎我乃是人
人鬼異路非其匹合苦苦相逼當斷汝命羅
剎女知誘惑之不遂也凌虛而去至僧伽羅
家謂其父僧伽曰我是某國王女僧伽羅娶
我爲妻生一子矣齋持寶貨來還卿國泛海

遭風舟檝漂没唯我子母及僧伽羅僅而獲
濟山川道阻凍餧艱辛一言忤意遂見棄遺
罝言不遂罵爲羅刹歸則家國遼遠止則孤
遺羈旅進退無依敢陳情事僧伽曰誠如所
言宜時即入室居未久僧伽羅至父謂之曰
何重財寶而輕妻子僧伽羅曰此羅刹女也
則以先事具白父母而親宗戚屬咸事驅逐
時羅刹女遂以訴王王欲罪僧伽羅僧伽羅
曰羅刹之女情多妖惑王以爲不誠也而情
悦其淑美謂僧伽羅曰必棄此女今留後宮

僧伽羅曰恐爲災禍斯覩羅刹食唯血肉王
不聽僧伽羅之言遂納爲妻其後夜分飛還
寶渚召餘五百羅刹鬼女共至王宮以毒呪
術殘害宮中凡諸人畜食肉飲血持其餘屍
還歸寶渚旦日羣臣朝集王門閉而不開候
聽久之不聞人語於是排其戶闢其門相從
趨進遂至宮庭闚其無人唯有骸骨羣官僚
佐相顧失圖悲號慟哭莫測禍源僧伽羅具
告始末臣廋信然禍自招矣於是國輔老臣
羣官宿將歷問明德推擄崇高咸仰僧伽羅

之福智也乃相議曰夫君人者豈苟且哉先
資福智次體明哲非福智無以享寶位非明
哲何以理機務僧伽羅者斯其人矣夢察禍
機感應天馬忠以諫主智足謀身曆運在茲
惟新成詠庶樂推尊立之爲王僧伽羅辭
不獲免允執其中恭揖羣官遂即王位於是
沿革前弊表式賢良乃下令曰吾先商侶在
羅刹國死生莫測善惡不分今將救難宜整
兵甲拯危恤患國之福也收珍藏寶國之利
也於是治兵浮海而往時鐵城上卤幢遂動

諸羅剎女觀而惶怖便縱妖媚出迎誘誑王
素知其詐令諸兵士口誦神呪身奮武威諸
羅剎女躓墜退敗或逃隱海島或沉溺洪流
於是毀鐵城破鐵牢救得商人多獲珍寶招
募黎庶遷居寶洲建都築邑遂有國焉因以
王名而爲國號僧伽羅者則釋迦如來本生
之事也
僧伽羅國先時唯宗淫祀佛去世後第一百
年無憂王弟摩醯因陀羅捨離欲愛志求聖
果得六神通具八解脫足步虛空來遊此國

弘宣正法流布遺教自茲已降風俗淳信伽
藍百所僧徒二萬餘人遵行大乘上座部法
佛教至後二百餘年各擅專門分成二部一
曰摩訶毗訶羅住部斥大乘習小教二曰阿
跋耶祇釐住部學兼二乘弘演三藏僧徒乃
戒行貞潔定慧凝明儀範可師濟濟如也
王宮側有佛牙精舍高數百尺瑩以殊珍飾
之奇寶精舍上建表柱置鉢曇摩羅伽大寶
寶光赫奕聯暉照曜晝夜遠望爛若明星王
以佛牙日三灌洗香水香末或濯或焚務極

珍奇式修供養
佛牙精舍側有小精舍亦以衆寶而爲瑩飾
中有金佛像此國先王等身而鑄肉髻則貴
寶飾焉其後有盜伺欲竊取而重門周檻衛
守清切盜乃鑿通孔道入精舍而穴之遂欲
取寶像漸高遠其盜既不果求退而歎曰如
求在昔修菩薩行起廣大心發弘擔願上自
身命下至國城悲愍四生周給一切今者如
何遺像恡寶静言於此不明昔行像乃俯首
而授寶焉是盜得已尋持化貨賣人或見者咸

謂之曰此寶乃先王金佛像頂髻寶也爾從
何獲來此驚賣遂擒以白王王問所從得盜
曰佛自與我我非盜也王以爲不誠命使觀
驗像猶俯首王觀聖靈信心淳固不罪其人
重贖其寶莊嚴像髻重置頂焉像因俯首以

至於今
王宮側建大厨日營萬八千僧食食時既至
僧徒持鉢受饌既得食已各還其居自佛教
流被建斯供養子孫承統繼業至今十數年
來國中政亂未有定主乃廢斯業

東圖中文[illegible]本府[illegible]主己後世業
亦郎事慎其春[illegible][illegible][illegible][illegible][illegible]斷業至令十
幾年[illegible][illegible][illegible][illegible]食[illegible]多斷其名自勸[illegible]
王官通事大國曰普達八十曾食食[illegible]

其君[illegible]眾[illegible][illegible]直道忘家國[illegible]首六
劍酌首王豎[illegible]言公君國不屈其入
曰制曰典共[illegible]仁[illegible]身玉以為不能令教馬
自歸求大難福[illegible]軍人白王王問[illegible]
[illegible][illegible]大[illegible]己[illegible]余華[illegible][illegible]

國濱海隅地產珍寶王親祠祭神呈奇貨都
人士子往來求採稱其福報所獲不同隨得
珠璣賦稅有科
國東南隅有駿迦山巖谷幽峻神鬼遊舍在
昔如來於此說駿迦經（舊曰楞伽經訛也）十
熟九
國南浮海數千里至那羅稽羅洲洲人甲小
長餘三尺人身鳥喙既無穀稼唯食椰子那
羅稽羅洲西浮海數千里孤島東崖有石佛
像高百餘尺東面坐以月愛珠爲肉髻月將
迴照水即懸流滂霈崖嶺臨注谿壑時有商

圖照水中想流宓帝嵐廈岳主谷容左右

對高百餘又東西坐六日家林寬自譚

縣皆羅陀西郡連壞十里作昌東嵩唐右新

未經三尺入良烏忌鳥無嵏葇員食聰七陀
縣皆羅陀陀入阜心

圖南谷巖壞十里至限縣餘陀陀十

皆攷來谷九於魏嗤陛
嗤陛書曰陛曰

圖東古閼有魏嗤山黌谷幽愛中馬造舍母

枕舞翅孫香枝

入士七封來未枓其園林汝聚不同囿恩

圖寶壞閼北藏令寶王驣陌荼中星香貨墻

侶遭風飄浪隨波泛濫遂至孤島海鹹不可
以飲渴之者久之是時月十五日也像頂流
水衆皆獲濟以為至誠所感靈聖拯之於即
留停遂經數日每月隱高巖其水不流時商
主曰未必為濟我曹而流水也嘗聞月愛珠
月光照即水流注耳將非佛像頂上有此寶
耶遂登崖而視之乃以月愛珠為像肉髻當
見其人說其始末國西浮海數千里至大寶
洲無人居止唯神棲宅靜夜遙望光燭山川
商人往之者多矣咸無所得自達羅毗茶國

可立鹽田宜海運之處以其人少又不十里至大寶

海通之處其居民皆[illegible]安其教

其水不流[illegible]當開其民安教

國用[illegible]其木不流[illegible]皆商

十里至大寶[illegible]

[illegible]國[illegible]其木[illegible]靈聖[illegible]

[illegible]非[illegible]其水少[illegible]

目[illegible]水[illegible]其[illegible]非[illegible]教[illegible]土[illegible]小寶

[illegible]其故[illegible]國[illegible]十里至大寶

[illegible]入[illegible]其[illegible]聖米蘭山川

[illegible]人[illegible]有[illegible]自[illegible]茶園

北入林野中歷孤城過小邑迖人結黨作害
羇旅行二千餘里至恭建那補羅國 南印度境
恭建那補羅國周五千餘里國大都城周三
十餘里土地膏腴稼穡滋盛氣序溫暑俗風
躁烈形貌黧黑情性獷暴好學業尚德藝伽
藍百餘所僧徒萬餘人大小二乘兼功綜習
天祠數百異道雜居
王宮城側有大伽藍僧徒三百餘人實惟俊
彥也伽藍大精舍高百餘尺中有一切義成
太子寶冠高減二尺飾以寶珍盛以寶函每

至齋日出置高座香華供養時放光明

城側大伽藍中有精舍高五十餘尺中有刻

檀慈氏菩薩像高十餘尺或至齋日神光照

燭是聞二百億羅漢之所造也

城北不遠有多羅樹林周三十餘里其葉長

廣其色光潤諸國書寫莫不採用林中有窣

堵波是過去四佛坐及經行遺迹之所其側

則有聞二百億羅漢遺身舍利窣堵波也

城東不遠有窣堵波基已傾陷餘高三丈聞

諸先志曰此中有如來舍利或至齋日時燭

菩薩志曰北中有収来舎利至斎曰部獻

州東下教有空昔志基口則詞領高三大間

限有聞二百前羅漢數具舎州室昔戎力

昔戎是過本四俳坐又繋行賣數之禮其

州下教有羅漢村園三十領里其菜身

漢是聞二百前羅漢數之禮也

州下教有羅漢村園三十領里其菜身

漢数九苦數新高十領又大至寮曰軒光路

州順大呪趣中有齋舎高五十領又中有口

至寮曰出直高到舎華斯奈部其光門

靈光在昔如來於此說法現神通力度諸羣
生城西南不遠有窣堵波高百餘尺無憂王
之所建也是聞二百億羅漢於此現大神通
化度眾生傍有伽藍唯餘基址是彼羅漢之
所建也從此西北入大林野猛獸暴害羣盜
凶殘行二千四五百里至摩訶剌侘國 孰九 十二 南印度境
摩訶剌侘國周六千餘里國大都城西臨大
河周三十餘里土地沃壤稼穡殷盛氣序溫
暑風俗淳質其形偉大其性傲逸有恩必報
有怨必復人或凌辱殉命以讎寠急投分忘

唐武公夏入宛殺嗣命六鑿言官發合志

昔周賓其涉荊大其封塘割青恩心竦

已周回三十餘里土少夫東林蕃魏居康宅盟

奉信陳兮圉圍周回六十餘里圍大諸城西諸都大

函枚行二十四五百里至奉信陳兮圉圍　十二

初夏兮幾九西北八人大林理諸檣暴害畢益

小夏衆主創古鳴諸封餘基世長如諸業少

之何夫少聞二百前諸業作九興大帥畫

主炊西西不封百卒諸茍高百餘大無憂王

靈光坐昔吹來諸給志馬軒車氏奧諸譯

身以濟將復怨也必先告之各被堅甲然後
爭鋒臨陣逐北不殺已降兵將失利無所刑
罰賜之女服感激自死國養勇士有數百人
每將決戰飲酒酣醉一人推鋒萬夫挫銳遇
人肆害國刑不加每出遊行擊鼓前導復飯
暴象凡數百頭將欲陣戰亦先飲酒羣馳蹈
踐前無堅敵其王恃此人象輕陵隣國王剎
帝利種也名補羅稽舍謀猷弘遠仁慈廣被
臣下事之盡其忠矣今戒日大王東征西伐
遠賓邇肅唯此國人獨不臣伏屢率五印度

甲兵及募召諸國烈將躬往討伐猶未克勝

其兵也如此其俗也如彼人知好學邪正兼

崇伽藍百餘所僧徒五千餘人大小二乘兼

功綜習天祠百數異道甚多

大城內外五窣堵波並過去四佛坐及經行

遺迹之所無憂王建也自餘石甓諸窣堵波

其數甚多難用備舉

城南不遠有故伽藍中有觀自在菩薩石像

靈鑒潛被願求多果

國東境有大山疊嶺連崒重巒絕巘嶻有伽

囻東竟曾大山疊嶂斬軒重窂篆書樹癸香
靈墜皆妹隙未冬果
炻南不刾宿姑曰壺中宿亦馬官都
其爆其身之鎮因蘭華
藪步少祀無真王事內自愈正聽若宰者
大妷內不正牢散亦重過去四街坐
此宿皆天同百姓異首身之
崇曰蓋百餘祚不曾封五十餘入大山
其兵為口妝此其舀山攻妝入口嗾其兵為

藍基於幽谷高堂遼宇疏崖枕峯重閣層臺
背巖面壑阿折羅〔此言所行〕阿羅漢所建羅漢西
印度人也其母既終觀生何趣見於此國受
女人身羅漢遂來至此將欲導化隨機攝受
入里乞食至母生家女子持食來施乳便流
汁親屬既見以為不祥羅漢說本因緣女子
便證聖果羅漢感生育之恩懷業緣之致將
酬厚德建此伽藍伽藍大精舍高百餘尺中
有石佛像高七十餘尺上有石蓋七重虛懸
無綴蓋間相去各三尺餘聞諸先志曰斯乃

無鹽善間曰未谷三又綠閒昔志曰泄名
石名剿為十餘只土官石善文重盡總
酒名剿多此曰盛甿盛大静舍高百綠又中
車益里果羅業虞主百之恩剿善綠之故都

人里巧舍至母主宅文毛昔舍来動名員府
文人長縣黃澤来至九粉知第巧剿縣安
在奧入山其世絕團主曰得巧谷九國安
昔藿田窒同世羅所巧此羅業府事華並西

蓋基谷田谷高並剿宅剿虞林本重園會至

羅漢願力之所持也或曰神通之力或曰藥
術之功考厥寔録未詳其致精舍四周雕鏤
石壁作如來在昔修菩薩行諸因地事證聖
果之禎祥入寂滅之靈應巨細無遺備盡鐫
鏤伽藍門外南北左右各一石象聞之土俗
曰此象時大聲吼地爲震動昔陳那菩薩多
止此伽藍自此西行千餘里渡耐秣陀河至
跋禄羯呫婆國度南境邑
跋禄羯呫婆國周二千四五百里國大都城
周二十餘里土地鹹鹵草木稀疎煮海爲鹽

圖二十餘里土可種穀圖草木黍稷黃金銀銅鐵圖

短岳縣古夯冢園周二十四五百里國大槽邸

短岳縣古夯園南城

山北呵薑自北西行十餘里或墟林州在生

日北象都大聲山峰賽峻昔朝平若難之

難吔薑門水南小式古谷一古象間之土谷

果小廝羊人宗施少二雷顗弓田無費衛盖

氏蛭州吠來林昔初善因此並重鑒里

術之城其親矣未羊其英靜舍四周眼數

羅藥顗氏之所卦山左曰神肅二戍左曰樂

利海爲業氣序暑熱迴風颶起土俗澆薄人
性詭詐不知學藝邪正兼信伽藍十餘所僧
徒三百餘人習學大乘上座部法天祠十餘
所異道雜居從此西北行二千餘里至摩臘
婆國　即南羅之國　南印度境
摩臘婆國周六千餘里國大都城周三十餘
里據莫訶河東南土地膏腴稼穡殷盛草木
榮茂華果繁實特宜宿麥多食餅麨人性善
順大抵聰敏言辭雅亮學藝優深五印度境
兩國重學西南摩臘婆國東北摩揭陀國貴

兩國重巒疊嶂西古巒羅茇國東北國昌
嶺大林鬱茂言辭雅能高舉譽業采五
榮敷華果繁實財宜稻菽貨食稍貴入封羌
里獻莫信可東南土地青期荼藿殺蘆草木
墊嶺墊國周六千餘里國大都城周三十餘
墊國有山頗難登涉二圖
仍異道驗昌教九西北行二十餘里至國王
教三百餘入皆學大乘土坐路志天師十餘
封於松不味學亞五業計四畫十餘閣
休處魚業床身暑燕四周魏坡北士餘志襄入

德尚仁明敏強學而此國也邪正雜信伽藍
數百所僧徒二萬餘人習學小乘正量部法
天祠數百異道實眾多是塗灰之侶也國志
曰六十年前王號尸羅阿迭多 戒日 此言 機慧高
明才學贍敏愛育四生敬崇三寶始自誕靈
泊乎沒齒 執九 十五 貌無瞋色手不害生象馬飲水漉
而後飲恐傷水性也其仁慈如此在位五十
餘年野獸狎人舉國黎庶咸不殺害居宮之
側建立精舍窮諸工巧備盡莊嚴中作七佛
世尊之像每歲恒設無遮大會招集四方僧

徒修施四事供養或以三衣道具或以七寶
珍奇奕世相承美業無替
大城西北二十餘里至婆羅門邑傍有陷坑
秋夏滛滯彌淹旬日雖納衆流而無積水其
傍又建小窣堵波聞諸先志曰昔者大慢婆
羅門生身陷入地獄之處昔此邑中有婆羅
門生知博物學冠時彦內外典籍究極幽微
曆數立文若視諸掌風範清高令聞遐被王
甚珍敬國人宗重門人千數味道欽風每而
言曰吾爲世出述聖道導凡先賢後揩無與我

言曰吾聞其出於聖賢之於貴爵尊無恥於
其今始因入宗重門入十幾來章大届官在
國燮立文若野皆掌届肆奉高今閏趣斯王
門主味針師學家都言內不典管家赴幽路

彼大自在天婆藪天那羅延天佛世尊者

人皆風靡祖述其道莫不圖形競修祇敬我

今德踰於彼名擅於時不有所異其何以顯

遂用赤栴檀刻作大自在天婆藪天那羅延

天佛世尊等像為座四足凡有所至負以自

隨其慢傲也如此時西印度有苾芻跋陀羅

樓支（此言賢愛）妙極因明深窮異論道風淳粹戒

香郁烈少欲知足無求於物聞而嘆曰惜哉

時無人矣令彼愚夫敢行凶德於是荷錫遠

遊來至此國以其宿心具白於王王見弊服

悲來至此圓以其前心其自答王王具樂眠
靜無入來令斯愚夫殊行应薦答具前賜
香雅然心欲咏吳無未答然聞而業曰昔光
魅支收避因即飛寶異論道風甚雜流
讀其暨趣少收北有西行惠音暨起想得疑
天相世尊晉容四引八有仁至貞心自　十六
遊用未神貞俊升大自由天娑婆天那羅故
今齋飯余如盞欲都不宜知異其向八賜
入峇風報昨起其前草不圓沐歛勃解猶光
光如大自由天娑婆天那羅故世尊者

心未之敬然高其志強焉之禮遂設論座告
婆羅門婆羅門聞而笑曰彼何人斯敢懷此
志命其徒屬來就論場數百千眾前後侍聽
賢愛服弊故衣敷草而坐彼婆羅門踞所持
座非斥正法敷述邪宗苾芻清辯若流循環
往復婆羅門久而謝屈王乃謂曰久溢虛名
圖上惑眾先典有記論負當戮欲燒鑪鐵令
其坐上婆羅門窘迫乃歸命求救賢愛愍之
乃請王曰大王仁化遠洽頌聲載途當布慈
育勿行殘酷恕其不逮唯所去就王令乘驢

音巴行教諸思其不畫卦仰士諒王今乘□
亡龍王曰大王二小□谷頁聲輝諧當中□
其坐土婆羅門家邑已緣令未珠其貴愛文愁
國土痊衆方典古□信於論真當燿太裕乃臨燿
封貴婆羅門已又作憶禹王已諳曰又益重名
坐非凡五志燿起邪宗故邑者辯者於飲眾
賢宗邪執姑不壤草甲坐故婆羅門路不杜
志命其封體來燿能達百十眾甫於甫轉
婆羅門婆羅門間巨柔曰如何入其故刺土
已未少婚然高其志題道之二體道發論西古

遍告城邑婆羅門耻其戮辱發憤歐血苾芻
聞已往慰之曰爾學苾芻内外聲聞遐邇榮辱
之事進退當明夫名者何實乎婆羅門憤恚
深譬苾芻謗毀大乘輕懱先聖言聲未静地
便坼裂生身墜陷遺迹斯在自此西南入海
交西北行二千四五百里至阿吒釐國 孰九 南印度境
阿吒釐國周六千餘里國大都城周二十餘
里居人殷盛珍寶盈積稼穡雖備興販爲業
土地沙鹵華果稀少出胡椒樹樹葉若蜀椒
也出薰陸香樹樹葉若棠梨也氣序熱多風

埃人性澆薄貴財賤德文字語言儀形法則

大同摩臘婆國多不信福縱有信者宗事天

神祠館十餘所異道雜居從摩臘婆國西北

行三百里至契吒國（南印度境）

契吒國周三千餘里國大都城周二十餘里

人戶殷盛家室富饒無大君長役屬摩臘婆

國風土物產遂同其俗伽藍十餘所僧徒千

餘人大小二乘兼功習學天祠數十外道眾

多從此北行千餘里至伐臘毗國（即北羅羅國南印度）之境

之丼

之故北北官十餘里至鮮[illegible]國

領入大小二事[illegible]皆學天[illegible]或十木道[illegible]

圓屈土[illegible]差[illegible]同其谷城起十餘[illegible]皆學十

吳公園周三十餘里圓大蹄城圓二十餘里

广三百里至吳子國

軒阿官十餘相共道[illegible]

大同車離朝園多下[illegible]

天入封南蕃恒朝鄭文字語言蘭徐志

伐臘毗國周六千餘里國大都城周三十餘
里土地所產氣序所宜風俗人性同摩臘婆
國居人殷盛家室富饒積財百億者乃有百
餘室矣遠方奇貨多聚其國伽藍百餘所僧
徒六千餘人執九多學小乘正量部法十八天祠數百
異道實多如來在世屢遊此國故無憂王於
佛所止皆樹旌表建窣堵波過去三佛坐及
經行說法之處遺迹相間今王剎帝利種也
即昔摩臘婆國尸羅阿迭多王之姪今羯若
鞠闍國尸羅阿迭多王之子塔號杜魯婆跋

韓閣國口羅[illegible][illegible]王[illegible]人[illegible]
昔[illegible][illegible]國口羅[illegible]王[illegible]政今[illegible]
鹽[illegible][illegible][illegible]問今王[illegible]帝[illegible]
新[illegible]土者[illegible]未[illegible][illegible]三[illegible]
其道實[illegible]改來百[illegible]國[illegible][illegible]
六十餘入之[illegible]心[illegible]王量[illegible]天[illegible]
舍室[illegible]古[illegible][illegible]國[illegible]
國名人[illegible]國[illegible][illegible]
里土[illegible]封康[illegible]宜國谷入
於[illegible]國[illegible]六十[illegible]里[illegible]大[illegible]

咜此言常廚 情性躁急智謀淺近然而淳信三寶

歲設大會七日以殊珍上味供養僧眾三衣

醫藥之價七寶奇貴之珍既以總施倍價酬

贖貴德尚賢尊道重學遠方高僧特加禮敬

去城不遠有大伽藍阿折羅阿羅漢之所建

立德慧堅慧菩薩之所遊止於中制論並盛

流布自此西北行七百餘里至阿難陀補羅

國西印度境

阿難陀補羅國周二千餘里國大都城周二

十餘里人戶殷盛家室富饒無大君長役屬

十餘里入口[illegible]超[illegible]室中[illegible]無大[illegible]末[illegible]

阿[illegible]伽藍羅國國四二十餘里國大婆[illegible]國二

國[illegible]
西[illegible]
人[illegible]

流[illegible]自北西北行十百餘里至河[illegible]伽藍[illegible]

立[illegible]塑[illegible][illegible]山林[illegible]中[illegible]論[illegible]

志[illegible]不[illegible]有大時[illegible]四[illegible]羅國[illegible][illegible]

賣[illegible][illegible]羅[illegible][illegible]重[illegible][illegible][illegible]時[illegible]

醫藥之[illegible]大[illegible][illegible][illegible][illegible]鄉[illegible]西[illegible]

茂[illegible]大會十日[illegible]村[illegible]土木[illegible]藥留[illegible]三木

[illegible]言
[illegible]封羅[illegible]醫藥[illegible][illegible][illegible]有[illegible]三[illegible]

摩臘婆國土宜氣序文字法則遂亦同焉伽
藍十餘所僧徒減千人習學小乘正量部法
天祠數十異道雜居從伐臘毗國西行五百
餘里至蘇剌侘國西印度境
蘇剌侘國周四千餘里國大都城周三十餘
里西據莫醯河居人殷盛家產富饒役屬伐
臘毗國地土鹹鹵華果稀少寒暑均風飄
不靜土俗澆薄人性輕躁不好學藝邪正兼
信伽藍五十餘所僧徒三千餘人多學大乘
上座部法天祠百餘所異道雜居國當西海

[illegible]天同百領[illegible]國當西[illegible]

言[illegible]五十[illegible]三十[illegible]入[illegible]大[illegible]

不[illegible]土[illegible]入[illegible]

[illegible]國[illegible]土[illegible]華[illegible]寒[illegible]

里[illegible]國[illegible]

[illegible]四十[illegible]里國大[illegible]國三十[illegible]

嶺里[illegible]國[illegible]

天同[illegible]十[illegible]國[illegible]

[illegible]十嶺[illegible]十八[illegible]小[illegible]土[illegible]

[illegible]國土[illegible]

之路人皆資海之利興販爲業貿遷有無去
城不遠有郁鄯多山山頂有伽藍房宇廊廡
多踈崖嶺林樹鬱茂泉流交境聖賢之所遊
止靈仙之所集住從伐臘毗國北行千八百
餘里至瞿折羅國 西印度境

瞿折羅國周五千餘里國大都城號毗羅摩
羅周三十餘里土宜風俗同蘇剌侘國居人
穀盛家產富饒多事外道少信佛法伽藍一
所僧百餘人習學小乘法教說一切有部天
祠數十異道雜居王刹帝利種也年在弱冠

國有十餘[illegible]王[illegible]市肆[illegible]年[illegible]

千餘人[illegible]眾[illegible]志業為一[illegible]

都三十餘里土宜[illegible]谷同嶺[illegible]國[illegible]入

領里至[illegible]園 [illegible]

山[illegible]山之[illegible]封為之[illegible]加園[illegible]十八百

[illegible]巖林[illegible]泉流[illegible]六[illegible]

無不[illegible]之山山[illegible]有[illegible]不[illegible]風

少谷入[illegible]之[illegible]興[illegible]業[illegible]谷有[illegible]本

智勇高遠深信佛法高尚異能從此東南行
二千八百餘里至鄔闍衍那國_{南印度境}
鄔闍衍那國周六千餘里國大都城周三十
餘里土宜風俗同蘇剌侘國居人殷盛家室
富饒伽藍數_{熱九}十所多以圮壞存者三五僧徒
三百餘人大小二乘兼功習學天祠數十異_{二十}
道雜居王婆羅門種也博覽邪書不信正法
去城不遠有窣堵波無憂王作地獄之處從
此東北行千餘里至擲枳陀國_{南印度境}
擲枳陀國周四千餘里國大都城周十五六

里土稱沃壤稼穡滋植宜菽麥多華果氣序
調暢人性善順多信外道少敬佛法伽藍數
十少有僧徒天祠十餘所外道千餘人王婆
羅門種也篤信三寶尊重有德諸方博達之
士多集此國從此北行九百餘里至摩醯濕
伐羅補羅國中印度境
摩醯濕伐羅補羅國周三千餘里國大都城
周三十餘里土宜風俗同鄔闍衍那國宗敬
外道不信佛法天祠數十多是塗灰之侶王
婆羅門種也不甚敬信佛法從此還至瞿折

羅國復北行荒野險磧經千九百餘里渡信
度大河至信度國〔西印度境〕

信度國周七千餘里國大都城號毗苫婆補
羅周三十餘里宜穀稼豐粟麥出金銀鍮石
宜牛羊驘駝騾畜之屬〔執九〕驘駝畢小唯有一峯〔二十〕
多出赤鹽色如赤石白鹽黑鹽及白石鹽等
異域遠方以之爲藥人性剛烈而質直數鬭
諍多誹讟學不好博深信佛法伽藍數百所
僧徒萬餘人並學小乘正量部法大抵懈息
性行弊穢其有精勤賢善之徒獨處閑寂遠

封仁樂善其有替也[illegible][illegible]之[illegible][illegible][illegible]

官為惠令入[illegible]惠心乗五量[illegible]志大[illegible][illegible]

能多非讀學不[illegible][illegible]采言[illegible][illegible][illegible][illegible]百[illegible]

[illegible]海[illegible]古[illegible]之人[illegible]樂入封[illegible][illegible][illegible]賢直[illegible]閭

[illegible]出[illegible][illegible]約收不可[illegible][illegible][illegible]又白古[illegible][illegible]

[illegible]十[illegible][illegible][illegible]縣之[illegible][illegible][illegible]甲心[illegible]百[illegible]一[illegible]

[illegible]國三十餘里宜[illegible][illegible][illegible]豐[illegible][illegible][illegible][illegible]金[illegible][illegible]石

[illegible][illegible]國[illegible]大[illegible]里[illegible]國大[illegible][illegible][illegible][illegible][illegible]苦[illegible][illegible]

[illegible]大[illegible][illegible][illegible][illegible]園[illegible]

迹山林夙夜匪懈多證聖果天祠三十餘所
異道雜居王戍陀羅種也性淳質敬佛法如
來在昔頗遊此國故無憂王於聖迹處建窣
堵波數十所烏波毱多大阿羅漢屢遊此國
演法開導所止之處皆旌遺迹或建僧伽藍
或樹窣堵波往往間起可畧而言
信度河側千餘里陂澤間有數百千戶於此
宅居其性剛烈唯發是務牧牛自活無所係
命若男若女無貴無賤剃鬚髮服袈裟像類
苾芻而行俗事專執小見非斥大乘聞諸先

志曰昔此地民麤安忍但事凶殘時有羅漢

愍其顛墜爲化彼故乘虛而來現大神通示

希有事令衆信受漸導言教諸人敬悅願奉

指誨羅漢知衆心順爲授三歸息其凶暴慈

斷殺生剃髮染衣恭行法教〔執九〕年代浸遠世易

時移守善既虧餘風不殄雖服法衣〔三十二〕嘗無戒

善子孫奕世習以成俗從此東行九百餘里

渡信度河東岸至茂羅三部盧國〔西印度境〕

茂羅三部盧國周四千餘里國大都城周三

十餘里居人殷盛家室富饒役屬磔迦國土

[illegible]

田良沃氣序調順風俗質直好學尚德多事
天神少信佛法伽藍十餘所已圮壞少有
僧徒學無專習天祠八所異道雜居有日天
祠莊嚴甚麗其日天像鑄以黃金飾以奇寶
靈鑒幽通神功潛被女樂逝奏明炬繼日香
華供養初無廢絕五印度國諸王豪族莫不
於此捨施珍寶建立福舍以飲食醫藥給濟
貧病諸國之人來此求願常有千數天祠四
周池沼華林甚可遊賞從此東北行七百餘
里至鉢伐多國（北印度境）

鉢伐多國周五千餘里國大都城周二十餘
里居人殷盛役屬磔迦國多旱稻宜菽麥氣
序調適風俗質直人性躁急言含鄙辭學藝
深博邪正雜信伽藍十餘所僧徒千餘人大
小二乘兼功習學四窣堵波無憂王之所建
也天祠二十異道雜居城側有大伽藍僧徒
百餘人並學大乘教即是昔慎那弗呾羅此言
最勝子論師於此製瑜伽師地釋論亦是賢愛
論師德光論師本出家處此大伽藍爲天火
所燒摧殘荒圮從信度國西南行千五六百

里至阿點婆翅羅國（西印度境）

阿點婆翅羅國周五千餘里國大都城號揭
齰濕伐羅周三十餘里僻在西境臨信度河
隣大海濱屋宇莊嚴多有珍寶近無君長統
屬信度國地下濕土斥鹵穢草荒茂疇壟少
墾穀稼雖備菽麥特豐氣序微寒風飄勁烈
宜牛羊驘駝騾玄畜之類人性暴急不好習學
語言微異中印度其俗淳質敬崇三寶伽藍
八十餘所僧徒五千餘人多學小乘正量部
法天祠十所多是塗灰外道之所居止城中

有大自在天祠祠宇彫飾天像靈鑒塗灰外
道遊舍其中在昔如來頗遊此國說法度人
導凡利俗故無憂王於聖迹處建六窣堵波
焉從此西行減二千里至狼揭羅國（西印度境）
狼揭羅國東西南北各數千里國大都城周（軌九）
三十餘里號窣瓷黎濕伐羅土地沃潤稼穡
滋盛氣序風俗同阿點婆翅羅國居人殷盛
多諸珍寶臨大海濱入西女國之路也無大
君長據川自立不相承命役屬波剌斯國文
字大同印度語言少異邪正兼信伽藍百餘

所僧徒六千餘人大小二乘兼功習學天祠
數百所塗灰外道其徒極衆城中有大自在
天祠莊嚴壯麗塗灰外道之所宗事自此西
北至波剌斯國（雖非印度之國路次附見舊日波剌斯略也）
波剌斯國周數萬里國大都城號蘇剌薩儻
那周四十餘里川土既多氣序亦異大抵溫
也引水為田人戶富饒出金銀鍮石頗胝水
精奇珍異寶工織大錦細褐氍毹之類多善
馬驟駝貨用大銀錢人性躁暴俗無禮義文
字語言異於諸國無學藝多工伎凡諸造作

隣境所重婚姻雜亂死多棄屍其形偉大齊
髮露頭衣皮褐服錦氈戶課賦稅人四銀錢
天祠甚多提那跋外道之徒為所宗也伽藍
二三僧徒數百並學小乘教說一切有部法
釋迦佛鉢在此^{熟九}王宮國東境有鶴秣城內城
不廣外郭周六十餘里居人眾家產富西北
接拂懍國境壤風俗同波剌斯形貌語言稍
有乘異多珍寶亦富饒也拂懍國西南海島
有西女國皆是女人略無男子多諸珍寶貨
附拂懍國故拂懍王歲遣丈夫配焉其俗產

男皆不舉也自阿點婆翅羅國北行七百餘
里至臂多勢羅國

臂多勢羅國周三千餘里國大都城周二十
西印度境
餘里居人殷盛無大君長役屬信度國土地
沙鹵寒風淒勁多菽麥少華果而風俗獷暴
語異中印度不好藝學然知淳信伽藍五十
餘所僧徒三千餘人並學小乘正量部法天
祠二十餘所並塗灰外道也城北十五六里
大林中有窣堵波高數百尺無憂王所建也
中有舍利時放光明是如來昔作仙人為國

中有僧伽藍十所窣堵波並木普新山入崎嶇

大林中有窣堵波高百余尺無憂王所建也

二十余里並空无水道北十五六里

余伽藍曾无三十余伽藍並學小乘五量倍志天

此國寒風凄切之處少華果西風俗剛暴

領里邑入親無大呂外隅部曲與暴

智之伽藍園周三十余里園大総城園二十

里至督之發羅園外

昆名不舉山自阿無發羅園北行千百余

王所害之處此東不遠有故伽藍是昔大迦
多延那大阿羅漢之所建立其傍則有過去
四佛座及經行遺迹之處建窣堵波以為雉
表從此東北行三百餘里至阿軬荼國　西印度境
阿軬荼國周二千四五百里國大都城周二　西印度境
十餘里無大君長役屬信度國土宜稼穡
麥特豐華果少草木疎氣序風寒人性獷烈
言辭朴質不尚學業然於三寶守心淳信伽
藍二十餘所僧徒二千餘人多學小乘正量
部法天祠五所並塗灰外道也城東北不遠

治武天国五千里重金天木神内方□□威東□□□□

普二十餘里□曾於三千餘里入□□寶宅□

言餘小□四葉禾□□□八三□寶宅□

參差□某禾心草木□起屋邑□入封□□

十餘里□大吾男□□言教風□国土宜寄□□

問庫木園□二十四五百里□大塘□園二□

未□北東□□四三百餘里王国□

四方□□□□□□□□

□□大同羅業□□□□□□

王□□東□□□□□□□大□

大竹林中伽藍餘址是如來昔於此處聽諸
苾芻著屢縛屣靴〈此言〉傍有窣堵波無憂王所
建也基雖傾陷尚高百餘尺其傍精舍有青
石立佛像每至齋日或放神光次南八百餘
步林中有窣堵波無憂王之所建也如來昔
日止此夜寒乃以三衣重覆至明旦開諸苾
芻著複納衣此林之中有佛經行之處又有
諸窣堵波鱗次相望並過去四佛坐處也其
窣堵波中有如來髮爪每至齋日多放光明
從此東北行九百餘里至伐剌拏國〈西印度境〉

於是東方行乃百餘里至於峽圍象
容昔攻中有曰来染不至至峽曰於於此
昔容昔攻語文曰望迫過本四郭坐罽少其
曰止乃攻寒巳以三大重鑿至罽旦開藉悤
迫林中有容昔攻無憂主心仲載少於来昔
立立南劉色至罽曰夫於林於大南八百領
載少墓載劉曾尚萬百領入其郭藉合未青
薛圍昔延載矣并罽官容昔攻無憂主行
大乃林中曰藍領北良以来昔於乃及轉藉

伐剌拏國周四千餘里國大都城周二十餘
里居人殷盛役屬迦畢試國地多山林稼穡
時播氣序微寒風俗獷烈性忍暴志鄙弊語
言少同中印度邪正兼崇不好學藝伽藍數
十荒圮已多僧徒三百餘人並學大乘法教_{執九}
天祠五所多塗灰外道也城南不遠有故伽_{二十七}
藍如來在昔於此說法示教利喜開悟含生
其側有過去四佛座及經行遺迹之處聞諸
土俗曰從此國西接稽董那國居大山川間
別立主無大君長多羊馬有善馬者其形

大諸國，希種隣境所寶。復此西北踰大山，涉廣川，歷小城邑，行二千餘里，出印度境，至漕矩吒國（亦謂漕利國）。

大唐西域記卷第十一

音釋

牽　補衮切
剚　側吏切　挿刀也
刳　苦胡切　剖也
糗　許救切　熬米麥爲之也
餧　奴罪切　飢也
讌　於甸切　合歡也
驤　汝陽切　騰躍也
椄　即葉切
椰　以遮切
綴　陟衛切　聯也
驝　他各切　駱駝也
讟　徒谷切　謗也
氍　其俱切　毛席也
毹　雙雛切
秣　莫葛切
飤　相吏切

大魯西遊吟卷第十一

斈子圖[illegible]

黃川[illegible]小城四[illegible]二十餘里出[illegible]更蒙正實[illegible]

大荒圖查蘇[illegible]鬻有寶野比西北[illegible]大山志[illegible]

[illegible]

切與
飼同

鬼九

二十八